Había una vez un burrito que sólo deseaba vivir grandes aventuras. Así que un día decidió huir de su granja.

Camino de la ciudad de Bremen, a donde
se dirigía para convertirse en músico,
halló un perro tumbado con aspecto
de cansado.

—¿Qué haces aquí jadeando? —le dijo el burro.
A lo que el perro repuso:
—Ya no soy joven y no me quedan ya fuerzas
para ganarme la vida.

Entonces el burro le propuso que lo
acompañara como músico a tocar
un instrumento cada uno. Quedaron así
cuando encontraron un gato.

—Gato, pareces muy triste, ¿qué haces ahí
sin hacer nada? —dijeron.
—Mi ama quería ahogarme pues ya no puedo
correr tras los ratones.

—¡Pues vente con nosotros; seguro que tú
sabes de música nocturna!
Pero al pasar por un corral oyen a
un gallo lamentándose a gritos.

—¿Por qué chillas? —preguntaron.
—Yo les despertaba al alba pero me van
a guisar sin piedad.
—¡Pues ven a cantar con nosotros!

Andaban de camino cuando se hizo
de noche. Acordaron dormir bajo un árbol,
el burro y el perro; el gato y el gallo
en las ramas.

Desde lo alto el gallo vio una luz y avisó.
—Allí dormiríamos mejor —dijo el burro
mientras el perro soñaba con algo
que comer.

Tras las ventanas unos bandidos se estaban
dando un festín. Los animales idearon
una ingeniosa manera de echarlos de allí.

Se encaramarían a la ventana y con sus rebuznos, ladridos, cantos y maullidos se rompería el cristal y huirían los ladrones.

Así ocurrió y pudieron comer y dormir,
el uno en el estercolero, el otro detrás
de la puerta, en la cocina el otro. Pero...

Los ladrones no se conformaron y decidieron hacer frente a la causa de aquel estruendo. Enviaron a uno de ellos a inspeccionar.

¡Menuda sorpresa le reservaban
los amigos! El gato lo asustó, el perro
le mordió, el burro le dio una coz
y el gallo lo ensordeció.

De regreso el ladrón explicó a los demás tal historia de brujas y monstruos que se les quitaron las ganas de insistir.

Y así pudieron quedarse en la casa que
tanto les gustaba y contaron y repitieron
con gusto su hazaña, cuando alguien
se la preguntaba.